Yf 10524

OBSERVATIONS

SUR LE SPECTACLE

DE ROUEN.

Aliquandò aliqua ad vos non blanda vox veniet,
& quia verum singuli audire non vultis , publicè
audite.

Seneq. Ep. 68.

EN FRANCONIE.

1776.

OBSERVATIONS

SUR LE SPECTACLE

DE ROUEN.

E plus grand des ridicules eſt, ſans contredit, la manie d'écrire, ſur-tout, lorſqu'on ne ſait ni ſa langue, ni rendre raiſon de ſes idées. Tel eſt le juſte reproche qu'on a lieu de faire à l'Auteur d'une lettre inférée dans le *Journal des Spectacles*, au ſujet des Acteurs de Rouen, & qu'on vient de nous communiquer tout récemment. Suivons pas à pas cet Écrivain : écoutons ſes oracles : voyons ſi le diſcernement les a toujours dictés, & ſi nous ne ſommes pas en droit d'accuſer cet

A

arbitre des talens d'être abfolument dépourvu de l'efprit de l'analyfe.

Le Sieur Dalainville, dit l'Auteur, *eft en poffeffion des premiers rôles en homme.* Admirons d'abord la fineffe de cette diftinction. Nous euffions eu, peut-être, la balourdife de croire que le frere du fieur *Molé* remplit les premiers rôles *en femme*, fi l'on n'avait pas eu la précaution de nous prévenir qu'il n'eft en poffeffion que des premiers *en homme.* Le fieur *Dalainville*, continue l'Obfervateur, *eft bien éloigné d'avoir dans la Comédie la légéreté de fon frère. Il eft lent & pefant. Je le trouve infupportable dans les Piéces qui éxigent un débit vif & léger.* Nous ne voulons pas décider cette queftion. Nous laiffons aux appréciateurs de la bonne Comédie à prononcer fur le jeu des deux frères. L'un brille fur le premier Théâtre de la Nation ; l'autre eft cité par excellence dans les Provinces. Ce font, sans doute, des titres satisfaisans pour l'amour-propre ; mais qui n'excluent pas toujours la nécessité des avis.

Le sieur Dalainville est supérieur dans la Tragédie. Il débite avec majesté ; il se développe avec noblesse & avec grace, entend le théâtre parfaitement, sert à merveille son Cointerlocuteur ; en un mot on peut dire de cet Acteur, qu'il brille dans son emploi, & qu'il ne seroit pas éclipsé sur le Théâtre de la Capitale. Nous ne pouvons rien ajouter à un éloge aussi complet. Il ne laisse pas même de place à nos réflexions. Les *Dufresne*, les *Baron* n'eussent pas désiré une attestation plus flatteuse. Cependant, comme nous entendons prôner en tous lieux la modestie & l'humilité du sieur *Dalain-ville*, nous sommes convaincus qu'il désavoue une louange aussi immodé-rée, & qu'il sait qu'on peut, sans s'avilir, s'abaisser sous des maîtres.

Depuis le grand nombre d'années qu'il eſt au théâtre, il a trop médité ſur ſon art, pour ne pas blâmer dans un Comédien l'uſage trop fréquent des Pantomimes, & l'habitude de ſe faire un viſage bourſouflé; pour approuver ceux qui tambourinent les R; qui font ſentir toutes les épithétes; qui gaſconnent dans le débit; qui prononcent les vers tragiques ſyllabe par ſyllabe; qui ſubſtituent l'affectation à la dignité, le délire au ſentiment, & des cris d'Energumène aux véritables peintures des paſſions.

Le ſieur *Doiſmont* (& non *Doirmont*) *chargé des Rois & des Peres nobles, perd au théâtre beaucoup des avantages dont il a été doué de la nature. Un feu immodéré, des hurlemens, nulle précipitation dans le débit, un ton familier qui ne peut plaire que dans le comique, gâtent les diſpoſitions qu'il a pour le tragique. Les vrais connaiſſeurs*

préjugent que lorſqu'il aura quelques an-
nées de plus , il ſera un ſujet précieux.
Cet article , malheureuſement pour
celui qui en eſt l'objet, préſente plus
d'une vérité. On pourrait encore,
ſans crainte d'être accuſé d'exagéra-
tion, ajouter quelques traits critiques
au tableau. Le ſieur *Doiſmont* , qui
ne craint pas , dit-on , de peſer
dans ſa balance le mérite des Auteurs,
n'a garde de ſe diſſimuler à lui-même
les défauts que nous allons lui mettre
ſous les yeux. Il ſait qu'un beau Phy-
ſique ne ſuffit pas pour faire un bon
Comédien ; que la trivialité dans le
récit fait outrage à la majeſté du Co-
thurne ; qu'il n'eſt pas décent de voir
Agamemnon ſe battre continuelle-
ment les cuiſſes ; que les ſituations
d'énergie ſont affaiblies par les excès
mêmes qu'on emploie pour les rendre ;
que la ſenſibilité ſe peint mal dans
deux yeux toujours flamboyans ; que

la manie de vouloir rafiner fur tout dégénere en puérilité ; qu'une déclamation en cadence ne peut suppléer au naturel dans le Dialogue ; qu'il ne faut pas faire fonner les R devant les confonnes dans les infinitifs de la premiere conjugaifon ; que la vivacité du débit ne fauroit être remplacée par les écarts de la précipitation, & que l'on ne doit pas prendre des tranfports furibonds pour des élans de l'ame. Nous regardons comme une ironie fanglante l'endroit où l'on dit que, *lorfque le fieur Doifmont aura quelques années de plus, il fera un fujet précieux.* Cet Acteur eft dans l'âge où l'on rétrograde, au lieu de faire des progrès. L'art de la Déclamation, de même que celui de la Poëfie, a fa faifon, au-delà de laquelle on fait d'inutiles efforts.

L'Auteur rend juftice au fieur *Gérard* qui tient les rôles à Manteau,

les Payſans, les Financiers & les troi-
ſiemes rôles dans le tragique. Ce Comédien a, ſans doute, des parties
excellentes. Il triomphe dans les Payſans ; mais l'obſervateur auroit pu ſe
diſpenſer, à ce dernier ſujet, de faire
une digreſſion puérile & fatigante
contre le ſieur *Bellemont*, Penſion-
naire de la Comédie Françaiſe. Le
ſieur *Gérard* a trop de candeur pour
récuſer notre Jugement contre ſon
extrême faibleſſe dans le tragique,
contre la monotonie de ſon Jeu dans
certains rôles comiques. Il eſt preſque
toujours le même dans les Financiers
auxquels il ſemble prêter un caractere
général par ſa maniere uniforme de
les rendre. Cet Acteur eſt trop judi-
cieux, pour ne pas ſentir la diſtance
qu'il y a de lui au ſieur *Deſſeſſarts* à
qui l'on a tâché de le comparer. *S'il
voulait*, dit l'Anonyme, *mieux ſe coſ-
tumer dans les Financiers, il n'y au-*

rait rien en lui à defirer. Nous répondrons à cela que la régularité du Coſtume contribue à l’illuſion du Théâtre ; mais qu’elle n’empêche point de défirer dans un Comédien les qualités qu’il n’aurait pas. Un des plus grands éloges qu’on puiſſe faire du ſieur *Gérard*, c’eſt qu’avec du mérite il n’a point d’orgueil, qu’il mene une vie honnête, & qu’il n’entre jamais dans les tracaſſeries de ſes Camarades. Si les Acteurs connaiſſaient tout le prix de l’humilité, s’ils ſavaient combien cette vertu rehauſſe leurs talens & les rend chers au Public, on n’en verrait pas tant parmi eux ſe revêtir d’une morgue inſoutenable, & prendre des airs impérieux qui révoltent les eſprits les plus indulgens.

Les Petits-Maîtres ſont joués par le ſieur Raymond. Figure intéreſſante, air avantageux, ſon de voix agréable, beau maintien ; il a tout ce qui peut rendre un

Comédien

Comédien parfait. Voilà un article qui nous éclaircit amplement fur les qualités extérieures de ce Comédien ; mais ces dehors fi charmans fuffifent-ils pour conftituer un bon Acteur ? Le fieur *Raymond*, il eft vrai, doit beaucoup à la nature ; nous fouhaiterions auffi qu'il dût quelque chofe au travail. Son Début dans cette Ville fut d'un préfage affés favorable. C'eft à lui à juftifier par l'étude l'opinion qu'on avait conçue d'abord *en* . ~~████████~~ Cet adulte nous a paru trop docile, trop maître de lui-même, pour prendre en mauvaife part les avis que nous allons lui donner. Nous lui confeillons de ne pas perdre de vue le modèle féduifant qu'il avait à Paris dans le genre des Petits-Maîtres, fans pourtant imiter fes bégayemens multipliés. Nous lui confeillons de fe mieux pénétrer de l'efprit de fes rôles; d'être plus attentif à la fcene, de ne pas

B

brufquer fa diction ; de ne pas fubfti-
tuer la pétulance à la vivacité, l'é-
tourderie à la gaîté ; de ne pas fe
croifer les bras fi fréquemment, ni
fe tenir le corps courbé dans le tragique. *En fuivant cette maxime, il*
pourra tirer parti de fes difpofitions
heureufes. La grande Livrée & les Crifpins en
chef, font le partage du fieur Montval.
C'eft un Comédien confommé. Avec un
peu plus de gaîté, il ne pourrait aller
plus loin. Cet Acteur paraît connaître
bien fa Langue. Il peche cependant quelquefois contre la Profodie. Dire que le
fieur *Montval* eft un Comédien confommé, qu'il ne pourrait aller plus
loin, c'eft chatouiller extraordinaire-
ment fa vanité, fi toutefois il en eft
fufceptible. Comme nous croyons
qu'il ne fe targue pas d'une folle
oftentation, nous fommes fûrs qu'il
eft intérieurement perfuadé qu'on

peut aller plus loin ; qu'il faut être
un *Garrick* , un *Baron* , un *Roſcius*
pour être un Comédien conſommé,
& qu'il faut pluſieurs ſiècles pour pro-
duire de pareils hommes. Nous con-
viendrons que cet Acteur a preſque
toujours l'intelligence de ſes rôles ;
mais on ne peut auſſi s'empêcher de
convenir avec nous qu'il ne les varie
point aſſés ; qu'il eſt par fois peſant
où l'on doit être léger ; qu'il a la
contenance gênée & la démarche un
peu lourde. Avec ces défauts faci-
les à corriger , le ſieur *Montval* n'en
eſt pas moins un des meilleurs Valets
qui ſoient dans les Provinces. Quand
l'Auteur l'accuſe de faire des fautes
contre la Proſodie , quoiqu'il ſache
ſa langue , c'eſt ſe contredire ſoi-mê-
me. Quand on poſſède bien ſon idiôme
on ne pèche point contre la Proſodie. Nous avons entendu cet Acteur
ne pas donner à chaque terme la va-

leur qui lui eft propre, heurter même souvent la régularité du langage, & c'eft malheureufement un défaut que plufieurs de fes Camarades partagent avec lui.

L'Auteur, dans l'article du fieur *Montval*, fait encore une longue digreffion au fujet du fieur du *Gazon*. Cependant après avoir mutilé ce Penfionnaire du Théâtre français, il finit par prophétifer qu'il peut devenir un excellent Acteur; car c'eft ainfi qu'il acheve le portrait de tous ceux qu'il a foumis à fon examen. *Il peut devenir excellent Acteur, il peut aller au plus grand, ce fera un Sujet précieux, il n'y aura rien en lui à defirer.* Cet arbitre éloquent termine par un farcafme trivial contre le fieur du *Gazon*, lui qui prie le Rédacteur du *Journal*, dès le commencement de fa Lettre, de ne pas employer le farcafme. Les trois quarts de cette lugubre Epître font une fortie contre quelques Comédiens français, & le refte ne fait qu'ébaucher mal-adroitement la critique des Acteurs de Rouen. Suivons-le néanmoins dans la revifion qu'il en fait.

Je ne vous dirai rien du fieur Noël *jouant les Confidens & les Acceffoires dans la Comédie. Le Public ne rend pas affés de juftice à cet Acteur qui ne gâte rien, & qui eft d'une utilité infinie.* Le fieur *Noël* eft vraiment utile au Directeur. On lui fait remplir fucceffivement des rôles dans la Tragédie, dans la Comédie & dans l'Opéra-comique. Cette néceffité d'être à tout eft ordinairement le partage de la médiocrité. Un homme à talens ne fe livrerait pas à ce qu'on appelle vulgairement *Bouche-trous.* Ceux qui font adonnés à ce genre d'exercice font dans l'impoffibilité d'acquérir, & l'on a tort d'exiger d'eux ce qu'ils ne sauraient avoir. Le sieur *Noël* a l'air de jouer machinalement & avec indifférence. La timidité où le jette la prévention des Spectateurs , chaque fois qu'il paraît , peut contribuer beaucoup à déranger ses moyens. Il récite ses rôles comme une leçon , & sans doute il n'agit de la sorte , que pour être moins de temps sur la scene à exciter l'humeur du Public.

Celle qui représente les Reines & devrait représenter les Meres nobles , joint à une stature très-grande & faite uniquement pour les grands rôles , un organe des plus éclatans , mais monotone.

Cet Aristarque qui voudrait que les Acteurs respectassent la langue , aurait dû savoir que c'est une faute impardonnable de dire un organe *monotone.* C'est la voix qui peut être monotone, & non l'organe. La premiere règle est de s'entendre & de

s'exprimer avec juftefſe , quand on
veut tracer des préceptes. *Elle repré-*
ſente très-bien : ſon jeu n'a rien de gêné.
Elle rend les imprécations , les duretés
& le commandement avec ſupériorité ;
mais cette même voix la deſſert dans
les larmes. Ce ſavant Calculateur
nous permettra de lui remontrer qu'il
attaque la Demoiſelle la *Chateigne-*
raie préciſément dans les ſituations
où elle nous a ſemblé plus intéreſſante , plus expreſſive. Elle ne fait
pas la grimace de pleurer , elle pleure
du fond du cœur. Eſt-ce pour le plai-
ſir de lutter contre l'unanimité des
ſuffrages , & dans le deſſein biſarre
de ſe joindre à ces Ligueurs ob-
ſtinés qui font métier de mépriſer
ce que les autres eſtiment , qu'il
ravale la Demoiſelle la *Chateigne-*
raie au niveau des Etres ſtupides ?
Croit-il perſuader qu'une Actrice
qu'on a vue plus d'une fois avec une

satisfaction générale, dans *Phèdre*, *Médée*, *Mérope*, *Clytemnestre*, & qui fait faire sentir les beautés de ces Tragédies, soit réellement une Actrice sans ame & sans intelligence ? Prétend-il faire adopter à la Patrie des *Corneilles* l'inconséquence d'un pareil paradoxe ? *Cette Actrice a une ame factice, un jeu d'imitation qui fait présumer qu'elle manque d'intelligence. Cependant si elle continue à travailler d'après elle-même, elle sera applaudie des véritables Connaisseurs & des Gens de Lettres.* Quelle contradiction ! Passons les petitesses de la Partialité. S'il est vrai qu'elle manque d'intelligence, plus elle travaillera d'après elle-même, plus elle s'égarera. L'intelligence doit être le premier guide d'un Comédien. Sans cette boussole, travail, efforts, conseils, tout est perdu pour lui. Il donnera toujours à gauche & ne sera jamais qu'une souche.

souche. Comme nous nous sommes prescrit la loi d'être sincères, nous engagerons la Demoiselle la *Chatei-gneraie* à ne pas contraindre sa voix pour la monter à l'unisson de ses interlocuteurs, à ne pas laisser tomber quelquefois ses finales, & à ne pas se précipiter dans les endroits qui exigent de la véhémence. On nous assure qu'il n'y a gueres plus d'un an que cette Actrice joue la Comédie; si le fait est vrai, nous ne pouvons que bien augurer de la suite de son travail.

Dans l'emploi des grandes Princesses de la Tragédie (comme s'il y avait des grandes Princesses de la Comédie) il est impossible de mettre plus d'ame & d'intelligence que celle qui a cet emploi. Si ses organes la servaient, elle pourrait aller au plus haut point de l'art. Quoiqu'elle ait fait des progrès, il s'en faut bien qu'elle ait le même succès

C

dans la Comédie que dans la Tragédie. Cette Actrice doit un remercîment à l'Auteur de cette notice; il l'a peinte en beau. Voyons fi le portrait eft reffemblant. La Demoifelle *Touteville* eft d'un caractère trop pacifique pour fe récrier contre le rang que nous allons lui affigner. Elle a, fans doute, du feu par intervalle, & très-fouvent ce feu eft déréglé. Sans attaquer fes défauts phyfiques, tels que ceux de l'organe, ceux de glapir & de nafiller, nous lui repréfenterons avec amitié qu'il faut bannir fcrupuleufement de la Tragédie l'air emphatique & toute efpèce de chant. Nous lui dirons qu'une prononciation défectueufe, que les déchiremens de vers font un vice capital de déclamation; qu'un des premiers foins du Comédien doit être d'éviter les faccades; que de l'emportement ne fauroit tenir lieu d'ame ; que la roideur des bras fait difparoître une partie des graces du corps ; qu'un débit entre-coupé fatigue les Spectateurs ; que des tons tantôt hauts , tantôt bas , forment une diffonance défagréable pour l'oreille , & que , tout bien confidéré, il n'eft pas auffi facile de parvenir au plus haut point de l'art , qu'on voudrait le lui faire accroire. Son Apologifte avait oublié ces détails, & nous les avons rappellés avec d'autant plus de confiance , que la Demoifelle *Touteville* eft au-deffus des fadeurs. Quant à la Comédie , quoiqu'en dife l'Auteur de la lettre , elle mérite d'y avoir plus de fuccès que dans la Tragédie. Elle y joue , pour l'ordinaire , avec affez de bon fens.

La Demoifelle *Beurré* (& non *Burré*) *qui tient le jeune emploi eft une Actrice ordinaire.* Ici l'Auteur eft laconique & raifonnable. Nous avons

été témoins à Paris de la justice rendue à ses talens. Elle a la mémoire
trop fidèle pour oublier jamais que
la médiocrité n'y est pas accueillie ;
que les contorsions affectées n'y font
point fortune ; que les dehors de la
suffisance & de la bonne opinion de
soi-même ne s'y procurent point de
Partisans ; qu'il est plus aisé d'em-
prunter des airs étrangers, de donner des coups de tête, de rouler les
yeux nonchalemment, d'avoir des
minauderies continuelles, des hauf-
femens d'épaules & mille autres sin-
geries de cette espèce, qu'il n'est
aisé de tromper des Spectateurs éclairés. La Demoiselle *Beurré* a vu de
trop près les bons modèles de la Capitale, pour n'avoir pas appris qu'un
ton précieux, une diction langou-
reuse, les bonds, les chûtes de vers,
la gêne, la fausseté des gestes font
autant de défauts réels qui n'éten-

dent point glorieusement la réputa-
tion d'une Actrice.

La Dame *Salainville* (& non
Veaulaville, car l'Auteur s'est fait
un plaisir d'estropier tous les noms)
est chargée des caractères, & ne vaut
guéres mieux que la petite Beurré. Nous
ne déguiserons pas que cette Actrice
est en effet dans la classe des talens
ordinaires. Outre un excès d'embon-
point, elle a l'accent Languedocien,
psalmodie presque tous ses vers, se
tient trop rengorgée, & a de fausses
attitudes.

Nous avons deux Soubrettes qui ne
sont pas dignes d'être Femmes-de-cham-
bre des Demoiselles Bellecourt , Fanier *&* Luzy. *Il est bon que les Di-*
recteurs de Provinces sachent leurs noms.
Ce sont les Demoiselles Astrodi *&* Dalainville. Cette espece de délation
est odieuse. Pourquoi dénoncer ces
Actrices aux Directeurs , dans le

deſſein de les empêcher d'en faire l'acquiſition ? Pourquoi chercher malignement à leur ravir leur état ? On peut leur reprocher légitimement des défauts : mais elles ne méritent pas l'une & l'autre d'être jettées au rebut avec ce ton dédaigneux. Si la Dame *Dalainville* avait été mieux favoriſée de la nature , on la verrait dans ſon emploi avec plus de ſatisfaction. Elle prend aſſés l'eſprit de ſes rôles , ne dit pas ſans intelligence , & elle ſerait paſſable ſi elle était plus ſvelte , plus joviale dans le débit , & moins à prétentions dans ſon jeu comme dans ſon accoutrement. La Demoiſelle *Aſtrodi* a de la fineſſe , du jeu muet. Son âge affaiblit chés elle les moyens qu'elle a dû avoir. Elle eſt agréable dans les *Duégnes*. Il eſt malheureux que ſon organe & ſa mémoire lui rendent ſouvent de mauvais offices. L'Auteur de la lettre ſe trompe fortement, s'il a cru dire une saillie, en condamnant ces deux Soubrettes à n'être pas dignes de fervir de *Femmes-de-chambre* aux Demoifelles *Bellecourt*, *Fanier* & *Luzy*. Cette gentilleffe ne fera du goût de perfonne, & ne plaira point plus que la dénomination *carcaffe* fous laquelle il préfenta, dans fa Diatribe imprimée en 1775, une Actrice retirée de la Troupe. On ne faurait manquer d'y reconnaître la même plume, la même grace dans le ftyle, & la même honnêteté dans les apoftrophes.

La premiere Chanteufe de l'Opéra-comique eft la Demoifelle Décoin. *Bonne Muficienne, mais fans goût. On la fouffre dans* Annette & Lubin *quoiqu'elle ait plus de 40 ans.* Nous ne croyons pas aux 40 ans de la Demoifelle *Décoin.* Quoiqu'en dife fon Détracteur, il eft difficile de mieux nuancer fes tons, & d'être plus maîtreffe de fa voix. Il eft vrai qu'on peut lui reprocher de donner quelquefois plus à l'art qu'au fentiment. Cette Actrice de l'Opéra-comique ne commence à déplaire, que parce qu'il y a plufieurs années qu'elle joue dans cette Ville. Tel eft l'effet de la jouiffance; elle produit infenfiblement la fatiété; elle amène le dégoût, & l'on fe laffe bientôt des Acteurs mêmes qu'on a vus avec le plus de plaifir. Les plus grands talens ne font pas à l'abri de cette fatiété. C'eft un malheur attaché à tous ceux qui fourniffent la carrière du Théâtre dans les Provinces. On y aime les nouveaux vifages. On ne fait pas y conferver un bon Sujet ; & pour fatisfaire l'inconftance du Public, un Directeur eft obligé de renouveller fouvent fa Troupe qui s'affaiblit auffi très-fouvent par les nouvelles acquifitions.

Les fieurs *Valliere* & *Fleury*, dont l'Auteur

l'Auteur a parlé, ne font plus dans la Troupe. Ils ont pour fucceffeur le fieur *Royer* qui paraît avoir du goût. Sa propenfion à italianifer fon chant lui gagne beaucoup de fuf-frages ; car il eft du bon ton aujour-d'hui d'être Italiomane ou Anglo-mane. On voudrait que le maintien du fieur *Royer* pût répondre à l'agré-ment de fa figure. Cet Acteur eft embarraffé de fa perfonne, ne fait pas marcher fur la Scène, chante faux quelquefois, & devrait s'appliquer à mieux réciter les vers & la profe.

Le fieur *Chobert*, chargé de la Baffe-taille, ne fe doute pas des premiers élémens de la Mufique ; mais il s'en dédommage par l'étendue de fa voix & la beauté de fon organe. On doit lui favoir gré du mal qu'il fe donne pour tâcher de faire oublier l'ingra-titude de fes moyens. Cet Acteur remplit quelques rôles tragiques ; il y aurait de l'injuftice à l'y juger avec fé-

D

vérité, puifqu'il ne fe livre à ce genre qu'indirectement & dans le befoin.

Le fieur *Chevalier* fe diftingue
dans l'emploi du fieur *Laruette*. Il a
moins de voix que de jeu. Cependant il la regle de façon qu'elle eft
toujours affés bien affortie à fes rôles. Ses amis lui confeilleront de ne
pas cligner les yeux auffi fouvent
qu'il le fait. Ce Comédien a la ré-
putation de joindre mille qualités
fociales à des talens non-équivoques,
& d'être incapable de manœuvres ni
de baffe jaloufie. Don rare & d'autant plus précieux, que l'envie eft
un mal dominant chés le plus grand
nombre des Comédiens ; que le mérite fème la haine & la défolation
dans tous les cœurs ; qu'après avoir
épuifé vainement tous les artifices
d'une cenfure maligne, de la calom-
nie & de l'intrigue, on finit par re-
jetter le triomphe de vrais talens fur
les efforts de la cabale.

L'Orcheftre , dont l'Aureur n'a
point voulu entretenir le Journalifte
des Spectacles , eft dirigé par M.
Thiémé , très - bon Muficien. Nous
nous faifons une forte de devoir de
rendre juftice à cet Artifte.

Quelque modérée que foit notre
critique, quelque tournure honnête
que nous ayons tâché de lui donner,
nous ne doutons pas qu'elle n'excite
les clameurs de ceux qui n'aiment
point à fe voir au naturel. Nous fa-
vons qu'il eft dangereux de démaf-
quer la préfomption ; de s'élever
contre les ravages du mauvais goût;
qu'il faut de la fermeté pour réfifter
à l'illufion publique, pour combattre
les partifans des faux principes, pour
détruire les réputations groffies par
l'ignorance ou par la flatterie. Nous
n'ignorons pas que l'amour propre
humilié ne pardonne jamais ; qu'on
ne veut pas être rapetiffé, quand

on fe tue à s'agrandir, & que, dans ces fortes de circonftances, on emploie tout ce qu'il y a de plus odieux pour fe venger. Mais toujours inébranlables, toujours incapables d'humeur ni de haine, nous avons dit en nous-mêmes : » Pourquoi craindrions- » nous de cenfurer les Comédiens ? » Les Auteurs, les Académiciens, « les Hommes les plus célébres en » tous genres ne font pas exemts « de la critique. Nous ne fommes » les ennemis d'aucun de ceux que » nous avons nommés. Si nous avons » dévoilé leurs défauts, c'eft fans » aigreur, fans envie de nuire. Nous » n'avons épargné perfonne, parce » que nous les eftimons tous affés » pour leur dire des vérités, & pour » croire qu'ils ne s'en fâcheront » pas.

L'Auteur avec qui nous fommes en conteftation, promet au Rédacteur du *Journal des Spectacles* de lui rendre compte des Troupes de *Versailles*, de *Lyon*, de *Bordeaux*, de *Toulouse*, de *Marseille*, en attendant les Villes moins considérables. Nous conseillons à ce Juif-errant volontaire de ne pas se déplacer, & d'épargner les frais de voyage, afin de nous épargner en même-temps l'ennui de ses Dissertations. Ce critique prétendu ambulant aurait aussi-tôt exécuté le Pélerinage de la Mecque, que cette mission supposée. Qu'il reste paisiblement au sein de ses Dieux Lares ; qu'il juge les talens, tant bien que mal, du fond de son cabinet ; mais qu'il n'imagine pas que nous ayons la bonhommie de penser qu'il va généreusement parcourir toute la France, pour nous enrichir ensuite du fruit de ses courses, & dans la seule vue d'éclairer la Nation sur les défauts ou sur le mérite des Acteurs du Royaume. Cette entreprife coûteufe, autant qu'invraifemblable, a beaucoup l'air de ces Châteaux en Efpagne que l'on bâtit quelquefois dans le délire de l'imagination. Il faut être cruellement l'ennemi de M. M *** pour lui attribuer ces productions mefquines, & pour le couvrir de la honte de deux ouvrages que l'Ecolier le plus chétif ne voudrait pas avouer.

Le *Journal des Spectacles* bien rédigé eft de nature à devenir un Ouvrage amufant & inftructif. Cependant il eft à craindre qu'on ne puiffe pas y ajouter foi. Les articles, concernant les Théâtres de Provinces, courent les rifques de n'être pas toujours fidèles. La partialité, la prévention, l'ignorance même peut dicter les obfervations envoyées au Rédacteur. Il faudroit qu'il eût, dans toutes les Villes de Spectacles, un

Correfpondant homme de Lettres,
homme de bonne-foi, & affés inftruit
fur tous les objets qui ont rapport
au Théâtre, pour pouvoir difcuter
fainement des ouvrages dramatiques
& de l'art de déclamer. A travers
les détails agréables que préfente ce
Journal, nous avons remarqué quelques fauffetés, entr'autres, une im-
pofture relative à la Salle de Spectacle de Rouen. La voici.

*La coupe de la nouvelle Salle eft
belle & agréable ; mais il eft fâcheux
que l'Architecte jeune & fans expérience ait négligé les acceffoires. On y
étouffe, faute d'air. Le bruit extérieur
pénètre par tous les pores. On y entend
le vent, la pluie, les cloches, les carroffes, les chevaux, les clameurs de la
rue & jufqu'aux horloges voifines. Les
Acteurs fe plaignent de ce que cette
Salle les fatigue, & qu'ils ont peine à
s'y faire entendre. Vous pouvés le de-*

mander à la Demoiselle Colombe , *aux fieurs* Julien & Narbonne *qui ont joué fur ce Théâtre avec le plus grand fuccès,*

La Demoifelle *Colombe* & fes Affociés n'ont jamais joué dans la nouvelle Salle. L'ouverture ne s'en fit qu'au mois de Juin dernier , jour de la Saint Pierre , & c'était pendant la femaine Sainte que ces Comédiens Italiens ont repréfenté fur l'ancien Théâtre. Premier menfonge. On n'y étouffe pas *faute d'air* , parce que l'intérieur de la Salle eft très-exhauffé , très-fpacieux , & que les Corridors reçoivent de l'air affés abondamment pour en communiquer aux Spectateurs par l'ouverture des Loges. Deuxième menfonge. On n'y entend pas non plus le vent , la pluie , les carroffes ni les clameurs de la rue. Troifième menfonge. Il eft vrai qu'un jour d'orage un des tuyaux

dégorgea

dégorgea jufques fur la Scène par
la faute des vifiteurs, & voilà pro-
bablement ce qui a donné lieu de
dire qu'on y entend la pluie. C'eft
faifir avec avidité un évènement
fortuit, pour en faire un crime à
l'Architecte. Ce jeune Artifte fans
expérience peut fe confoler de la
critique qu'on a voulu faire de fon
Ouvrage par la juftice flatteufe que
lui a rendue M. *Moreau*. Ce monu-
ment a toutes les commodités que
pouvaient permettre les bornes étroi-
tes du terrain. Il eft richement dé-
coré, le deffein en eft agréable, &
les iffues font bien ménagées, en cas
de malheurs. M. *Groult* ne peut pas
interdire le fon des cloches aux
Eglifes qui avoifinent de très-près
la Salle de Spectacle. Ce n'eft pas
fa faute, c'eft celle de l'emplacement.
Comme nous voulons être équita-
bles dans toutes les occafions, nous

E

trouvons que le cintre des cordons de Loges rentre trop en dedans, & que les Lucarnes du Paradis forment des efpèces de Pompes où va fe perdre la voix. Cette obfervation ne faurait déplaire ; le plus habile dans fon art ne peut pas tout prévoir. C'eft après l'exécution qu'on apperçoit les défauts d'un plan, & ceux que nous reprochons à la Salle de Spectacle n'empêcheraient pas nos meilleurs Architectes de fe faire gloire de l'ouvrage de M. *Groult*.

Le plafond de la Salle repréfente l'Apothéofe de *P. Corneille*. Il y a de la hardieffe, de l'expreffion dans les figures. La partie qui défigne les Arts eft de l'effet le plus piquant & de main de maître. M. le *Moyne*, Elève de l'Académie de Rouen, a de la vigueur dans le pinceau. On lui reproche feulement une trop grande égalité de tons dans le groupe principal de son plafond qui d'ailleurs est composé avec toute l'élévation & la dignité convenables au sujet.

Après avoir rendu compte des Comédiens, il est assés dans l'ordre de nous arrêter un moment sur ces Bourdons importuns qui ne courent les Spectacles, que pour fatiguer les oreilles de leur fausse érudition. Celui que sa mauvaise étoile conduit auprès de ces faiseurs d'esprit, est d'autant plus à plaindre, qu'ordinairement ils ne lui permettent pas de rien entendre, & qu'avant la toile levée, ils jugent, en dernier ressort, & la Pièce qu'ils ne connaissent pas, & l'Auteur qu'ils n'ont jamais lu. Qui croirait que nous avons vu de ces raisonneurs décidés ignorer de qui était *Iphigénie en Aulide*, & attribuer gratuitement des Comédies

modernes à *Moliere*, & des Tragédies de *Racine* à *Voltaire* ? C'est
une vérité constante qu'au Spectacle
les hommes éclairés sont les plus
silencieux, & que les plus ignorans
sont toujours les plus babillards.

A cette foule de fâcheux on pourrait associer ces beaux-esprits intrai-
tables qui veulent qu'un Comédien
soit également supérieur par-tout,
comme si tous les Personnages étaient
dessinés avec une égale supériorité.
Qu'un Rôle soit froid par sa nature ;
qu'il ne tienne aux événemens de la
Pièce que par de légères circonstan-
ces ; qu'il soit enfin subordonné ou
développé faiblement, l'Acteur aussi-
tôt devient seul responsable du défaut
d'intérêt, & quelquefois des mal-
adresses de l'Auteur. Il est toujours
jugé d'après le Rôle qu'il remplit. On
ne se donne point la peine de consi-
dérer les situations où il se trouve,

ni l'impoſſibilité où il eſt de faire va-
loir des lieux communs. On veut
qu'il brille indiſtinctement dans tout
ce qu'il joue. On exige, pour ainſi
dire, que le piteux *Jaſon* ſe faſſe autant admirer qu'*Oroſmane* ; que la
dolente *Créüſe* nous charme au même dégré que *Didon* ; & que la triſte
Reine dans *Inès* nous faſſe une im-
preſſion auſſi forte que *Mérope*.

Un autre déſagrément dont la petite portion des vrais connaiſſeurs a
droit de ſe plaindre, c'eſt d'entendre
prodiguer des battemens de mains à
des miſères, ſouvent même à des
extravagances qui ſont faites pour exciter, avec raiſon, le bruit des ſiflets.
Qu'un Acteur ſe gourme pour débi-
ter des choſes ordinaires ; qu'il imite,
pour ainſi dire, les mugiſſemens d'un
taureau dans les endroits de chaleur;
qu'une Actrice privée des ſecours
d'une bonne poitrine, forte de la

nature , en faifant des efforts incroya-
bles ; & tout-à-coup on eft étourdi
des cris de l'enthoufiafme , les têtes
s'exaltent , on tombe dans une ef-
péce de frénéfie , & la Salle retentit
d'applaudiffemens univerfels. Le prix
des morceaux rendus avec naturel
échappe à la plûpart des Spectateurs.
On veut du tapage, du fracas. De
là vient que les Scènes de détails ,
ces Scènes de raifonnement qui ca-
ractérifent l'intelligence d'un Comédien , ne font goûtées que par un
très-petit nombre de perfonnes. Pour
bien apprécier les talens d'un Acteur,
il faut fur-tout l'entendre dans les
grands couplets qui ne veulent que
du récit. C'eft là que l'on voit , du
premier coup d'œil , s'il fait fe poffé-
der , fi fa diction eft foutenue , s'il a
l'habitude de varier fes tons , de nuancer fes paffages , de dialoguer avec
aifance , & s'il connaît l'art diffi-

cile de faifir habilement la fineffe des tranfitions. C'eft là que le Comédien donne le tems aux Spectateurs de paffer en revue toutes fes reffources; d'autant plus gêné par la nature des tirades, qu'il ne peut fe fauver à la faveur d'un hurlement. Auffi les perfonnes d'un tact fûr & d'un goût fin jugeront-elles plutôt des moyens d'une Actrice dans la grande Scène d'*Agrippine* ou de *Cléopâtre*, que dans l'imprécation d'*Athalie* ou de *Camille*.

Le relâchement, l'indocilité de la plûpart des Comédiens, leur répugnance à recevoir des avis, l'orgueil de fe croire des aigles, font autant d'obftacles réels au progrès de leur art. Ils penfent n'avoir plus befoin d'acquérir, parce qu'ils auront joui de quelques fuccès ufurpés. Comment en effet ne feraient-ils pas leurs propres dupes? Ils font égarés dans la carrière par des gens qui confondent le beau avec le ridicule ; qui prennent des airs guindés pour de la nobleſſe , des images forcées pour du pathétique , des accès de fureur pour des impulſions du ſentiment , & des convulſions monſtrueuſes pour des mouvemens de l'ame. Trop heureux , ſi cette ardeur de tout applaudir ne s'étendait pas juſqu'à l'indécence d'accueillir par des empreſſemens dûs au ſeul mérite celles qui ont diſparu quelque-tems du Théâtre , pour dépoſer dans l'obſcurité le fruit de leurs déréglemens! Le moyen, après cela, d'avoir de la pudeur ? Le moyen de réſiſter au vice , puiſqu'il trouve des encouragemens ?

Nous allons terminer nos remarques par une réflexion déjà faite mille fois ; mais qu'on ne ſaurait trop rappeller à la mémoire de tout le monde.

Les préjugés ſont les tyrans des Peuples. Le Français , plus qu'aucun autre

tre, en eft malheureufement l'efclave.
Se peut-il qu'une Nation auffi éclai-
rée, auffi livrée à toutes les Sciences,
répande un vernis de honte & d'op-
probre fur le plus agréable de tous
les Arts ? Elle aime paffionnément les
Spectacles, elle ne peut s'en priver.
Que dis-je ? les Spectacles font de-
venus en quelque forte néceffaires.
Ils font un paffe-tems gracieux, un
délaffement utile, une école de mo-
rale, un frein même à de plus grands
défordres dans la fociété ; & pourtant
on marque du fceau de la réprobation
& du deshonneur ceux qui font pro-
feffion du Théâtre ? On dégrade un
art dont toute la Nobleffe aujourd'hui
fait fon amufement. Les Auteurs dramatiques font couverts de gloire,
& les organes de leurs productions
font avilis ! Quelle contrariété dans
un Peuple qui fe donne pour pen-
er philofophiquement ! En Alle-

F

magne les Comédiens peuvent pré-
tendre aux Charges les plus diftin-
guées, en Angleterre on leur élève
des Maufolées parmi les Rois, en
Italie on ne les rejette point du fein
de l'Eglife ; & en France ils font morts
civilement ; on leur refufe jufqu'à la
Sépulture, & dès le premier pas qu'ils
font fur la Scène, ils font frappés des
foudres de l'anathème ! Nous refpec-
tons trop les vues de la Loi à cet
égard pour vouloir approfondir les
motifs d'une pareille févérité ; mais
nous ne pouvons nous empêcher de
gémir fur le trifte fort d'un Art qui
fut en recommandation chés pref-
que tous les Peuples de l'antiquité.
Nous oferons même dire que l'ex-
communication eft peut-être une des
principales fources de l'inconduite des
Comédiens. Rendons-les à l'Eglife,
ils auront des mœurs ; rendons-les
à la fociété, ils feront forcés d'avoir

de la décence. Etouffons le préjugé,
ôtons la flétriſſure de leur état, &
bientôt nous aurons dans les Comédiens des hommes tout à la fois amu-
ſans & vertueux, aimables & bons
citoyens.

F I N.